HOJE NÃO TEM JOGO

25 microcontos de futebol em peça falada

Rafael Duarte Oliveira Venancio

Publicação Independente na Amazon KDP
com apoio da To the Moon | Soluções em Storytelling
Abril de 2021

Coleção "Microcontos de Futebol" #61

Capa: Rafael Duarte Oliveira Venancio

Disponível na Amazon em versão impressa e em e-book.

ISBN (versão impressa): 9798734141274

"Esta peça é um prólogo. Ela não é o prólogo para uma outra peça, mas o prólogo do que vocês fizeram, do que vocês estão fazendo e do que vocês farão"

(Peter Handke em "Insulto ao Público")

Sumário

O que é uma "peça falada"?

As peças faladas ou Sprechstücke são uma marca do início da carreira do escritor e dramaturgo austríaco, de origem eslovena, Peter Handke, vencedor do Prêmio Nobel de Literatura em 2019. É um teatro chamado "pós-dramático", onde não há ação, muito menos diálogo. Não há personagens, apenas oradores que chamam o público a pensar sob uma questão. A mais famosa das peças faladas é a mundialmente encenada "Insulto ao Público".

Sobre as peças faladas, Samir Signeu, em texto no volume que ele organizou das "Peças Faladas de Peter Handke" para a Editora Perspectiva, declara que:

"São peças em um ato onde não há uma história a ser contada - a fábula não importa mais (...). Também não há personagens, mas oradores, atores falantes; não há um diálogo na sua forma tradicional e os oradores falam diretamente para o público; e mesmo estando juntos sob o palco, os oradores não têm um relacionamento interativo; então, estabelece-se a conversação ao invés do diálogo - ainda que não exista uma resposta concreta, efetiva e oral por parte dos espectadores; é adotada uma estética da provação por meio de insultos, gritos, autoacusações, predições e repetições (...). Outros autores insinuam que o nome Peças Faladas (Sprechstücke) seria uma crítica, ou

mesmo uma brincadeira, que ele [Peter Handke] teria feito às peças didáticas (Lehrstücke) de Brecht" (p. 46-48).

Peter Handke, além de amar o teatro, amava o futebol, sendo o autor do livro O Medo do Goleiro Diante do Pênalti, bem como o roteirista do filme baseado nele, dirigido por Wim Wenders. Assim, nada mais justo que fazer um livro dos Microcontos de Futebol que se inspira em um de seus procedimentos de dramaturgia.

HOJE NÃO TEM JOGO
25 cenas teatrais em peça falada
por Rafael Duarte Oliveira Venancio

PERSONAGENS
Um orador, no mínimo

TEMPO-ESPAÇO
Palco

SINOPSE
Em 2021, em 2020 ou mesmo nos "hojes" do passado, não tem jogo de futebol.

NOTA DO AUTOR
As 25 cenas teatrais podem ser dispostas em uma ordem cronológica de exibição da primeira até a última. O encenador pode optar por fazê-las de maneira contínua ou intercalá-las com blackouts à maneira de nomes do teatro inglês tal como Harold Pinter. Não há personagens, apenas oradores (no mínimo um orador, mas podem ser mais, tal como em um coro ou jogral) à maneira das "peças faladas" [*Sprechstücke*] de Peter Handke.

Cena #1

2021. Hoje não tem jogo. 2020. Hoje não tem jogo. No futuro, não há o hoje. Nesse hoje não tem jogo. Não tem futebol. Não só fora das quartas e domingos. Hoje é todo dia. Todo dia não tem jogo. Não tem jogo de futebol. Não tem futebol. Não tem. Não ao futebol. Não. Hoje? Futebol? Não. Hoje não tem jogo de futebol. Não pode ter jogo de futebol. Para quê ter jogo de futebol? Por quê? Futebol? Sem futebol. Não há necessidade de futebol. Não há futebol. Não há hoje. Não há jogo. Não há o ter. Não há.

Cena #2

2021. Cancela o futebol no Brasil. Para em São Paulo. Para no Rio Grande do Norte. Para em Minas Gerais. Para em Santa Catarina. Hoje não tem jogo. Sem jogo. Sem futebol. Hoje não tem jogo. Hoje tem o vírus. Hoje tem pandemia. Hoje não tem futebol. Hoje não tem jogo. Hoje tem reunião de quem organiza o jogo. Organizador máximo? Chefão? O que você acha? Se não tiver jogo hoje, vocês estarão fuuuu.... Hoje tem reunião de futebol. Hoje não tem futebol. Hoje não tem jogo. Estamos fuuuuuu...... Não do jeito que foi dito. Sem futebol. Sem ser fuuuuuuuuu...

Cena #3

2020. Tem vírus. Lockdown. Futebol down. Sem futebol até o novo normal. Sem máscara em campo. Máscara no banco. Teste no gramado. Verde no teste, verde no gramado. Vamos ao gramado. Sem jogo. Hoje não tem jogo. Fique em casa. Fique saudável. Fique seguro. Fique sem futebol. Hoje não tem jogo. Hoje tem reprise. Comemore o título de 1994, 2002. O título do seu clube que você esqueceu. Aquele da estrela da camisa. Aquele que você não viu porque não tinha nascido. Comemore o gol do Pelé que você não fez. Não vi. Hoje não tem jogo. Hoje tem reprise.

Cena #4

2020. Hoje não tem jogo. No meu país. Tem jogo em Belarus. Segunda divisão. Vou apostar. Vou jogar. O time de azul terá três escanteios. Não sei falar esse nome. Sei apostar. Mais 1, mais 2, mais 3. Vou ganhar. A cotação tá baixa. Hoje não tem jogo. Do meu time. No meu país. No meu continente. Na televisão. Tem jogo na internet. No link pirata. No link do site de apostas. Tem jogo. Posso jogar. Estou em casa. Algo preciso ganhar. Não é futebol. É aposta. É videogame. É cassino. É ficar em casa. É ficar saudável. Ficar seguro.

Cena #5

2020 e 2021. Múltiplos hojes sem futebol. Sem futebol. Hoje não tem jogo. Tem só o vírus. Não tem jogo. Não tem futebol. Sem futebol. No entanto, não foi a primeira vez. Hoje não tem futebol. Isso já havia ocorrido antes. Quando que houve? Quais os motivos? Não só pelo vírus. O futebol já morreu diversas vezes. Hoje não tem jogo. Quando que não teve jogo. Por quê? Não lembro. Será que lembro? Devo lembrar? Devo lembrar. Devo falar? Devo falar. Falar e lembrar. Lembrar e falar. Como fazer isso? Como? Se hoje não tem futebol? Hoje não tem jogo.

Cena #6

2016. Final. Primeira final. Time novo. Sensação. Não há final. Não há avião. O avião caiu. Luto. Tristeza do Índio Condá. Não tem porque ter jogo. A Chape é campeã. A Chape é eterna. Hoje não tem jogo. "Atlético Nacional pede que (...) a Copa Sul-Americana seja entregue à Chapecoense (...) louro honorário pela sua grande perda (...) Da nossa parte, e para sempre, a Chapecoense é a campeã". Hoje tem título. Hoje não tem quem levanta a taça. Hoje tem silêncio em uma montanha na Colômbia. Hoje não tem jogo. Hoje tem silêncio. 90 minutos de silêncio. Tela preta. Uma hashtag. #90minutosdesilencio

Cena #7

1958. Munique. O jogo foi ontem. Amanhã não tem jogo. Hoje não tem voo. Não tem céu limpo. Precisa voltar para Manchester. O United pode ser campeão. O United é um timão. Não tem jogo, mas precisa voltar. Hoje. Hoje não tem jogo. Go United! Go Busby Babes! Primeira tentativa. Não decola. Hoje não tem decolagem. Segunda tentativa. Não decola. Terceira? Decola. Decola. Neblina. Luz. Explosão. Não há mais Babes. Manchester United em frangalhos. Relógio. Apenas um relógio no aeroporto. Três horas. Três horas e três minutos. Fevereiro. Seis de fevereiro. Fevereiro. Dia 6. 1958. Munique. *Never forget. We remember.*

Cena #8

1949. Não tem mais jogo para Francisco Ferreira. Se aposentou. Não tem mais jogo. Ontem foi o seu último jogo. Linda festa. Jogou o seu Benfica contra a Torino. Lindo jogo. Torino precisa voltar para casa. Precisa ganhar o campeonato italiano. Lindo jogo. Hoje não tem jogo. Amanhã vai ter jogo. Os italianos precisam voltar. Precisa chegar. Há a Basílica. Superga. Não há a curva. Há a explosão. Não há mais Torino. Grande Torino. O time que seria campeão. A base da Seleção Italiana. Não há mais. Não há mais a torre da Basília de Superga. Hoje não tem jogo.

Cena #9

Hoje não tem jogo. Jogadores que morrem em acidentes de carro indo para o estádio. Saindo do estádio. Em férias. Em campo. Carro. Avião. Coração. Hoje não tem jogo. Para eles? Para alguns? Para outros há jogo. Há futebol. Sempre há futebol. Futebol vence a morte. Futebol é irrefreável. Para alguns. Para alguns? Para alguns. Hoje não tem jogo para alguém. Hoje não tem jogo para todos. Hoje não quero que tenha jogo. Sem jogo. Sem futebol. Sem paz. A paz. Hoje não tem jogo. Hoje tenho paz. Silêncio. Paz. Jogo? Sem jogo. Hoje não tem jogo. Hoje. Sim, hoje.

Cena #10

1973. Hoje não tem jogo. Não tem jogo no Estádio Nacional de Santiago no Chile. Não tem jogo. Sem jogo. 12 de setembro de 1973. Tem prisão no estádio. Não tem jogo. 40 mil presos em quase um ano. 400 mortos. Em 1974, tem Copa do Mundo. O Chile só vai para a Copa se jogar. No estádio? Hoje não tem jogo no estádio? Precisa ter jogo. Evacuação. Transfiram os presos. É jogo. Repescagem para a Copa. União Soviética vai jogar com o Chile. Não vai jogar. É uma prisão. Hoje não tem jogo. WO. Chile vai para a Copa.

Cena #11

1969. Nigéria. Guerra Civil sangrenta no Benin. Em Biafra. O mundo pede para parar a guerra. John Lennon, Jimi Hendrix, Papa Paulo VI. A guerra não para. Hoje tem guerra. Lá vem o Santos. O Santos de Pelé. Hoje tem jogo do Santos de Pelé. Eles vão para Moçambique. Podem jogar em Benin. Em Biafra. Como joga o Santos de Pelé? Joga? Mas e a guerra? Tem guerra? Tem guerra, não tem o Santos de Pelé. Para a Guerra. Hoje não tem guerra. Hoje tem jogo. Hoje tem Santos de Pelé. Só hoje. Amanhã não tem jogo. Amanhã tem guerra.

Cena #12

Segunda Guerra Mundial. Nazistas. Aviões. Bombardeio em Londres. Parem tudo. Parem a vida. Parem o futebol. Hoje não tem jogo. Hoje tem bombardeio. Hoje tem os nazistas. Hoje vamos sobreviver. Hoje não tem jogo? Hoje tem jogo. 08 de junho de 1940. Tem West Ham. Tem jogo. Em Wembley. O West Ham pode ser campeão. Os nazistas podem bombardear. O único bombardeio foi de Sam Small na rede. Hoje teve jogo. Não podia ter jogo. Poderia ter tido um bombardeio. 42 mil viram o West Ham. Há esperança para o bombardeio de amanhã. Hoje o meu West Ham foi campeão.

Cena #13

Primeira Guerra Mundial. Na Terra de Ninguém. Hoje não tem jogo. Hoje tem guerra. Mas hoje é Natal. 1914. 25 de dezembro de 1914. Hoje tem guerra? Guerra na trincheira? Guerra na terra de ninguém? Hoje é Natal. Cancelar o Natal? Não. Hoje não tem guerra. Hoje tem Natal. Hoje tem futebol. Futebol na terra de ninguém. Francês com Alemão. Inglês também. Hoje tem trégua. Hoje tem futebol. Tem festa. Tem música. Tem futebol. Hoje não tem guerra. Hoje é Natal. Amanhã já não é Natal mais. Amanhã pode ter Guerra. Grande Guerra. Ninguém sabe, mas é apenas a primeira.

Cena #14

Hoje não tem jogo. Não só porque tem guerra. Não só porque o jogador de futebol morreu. Não só porque o governo mandou e a justiça decretou. Não só porque os organizadores não querem. Não só porque faltou luz no estádio. Não só porque a chuva alagou o gramado. Não só porque o juiz quer. Não só porque teve o WO do outro time. Hoje não tem jogo. Não tem jogo porque não tem público. O público? Precisa de público para ter jogo? O público está nas regras do futebol? Sem público, tem jogo? Jogo? Público? Hoje tem jogo. Não?

Cena #15

8 mortos no público. 1999. Briga no jogo da Primeira Divisão do Egito.

13 mortos no público. 2008. Tumulto político na Segunda Divisão no Congo.

16 mortos no público. 1980. Tumulto em estádio na Índia. Dia Nacional do Futebol lá.

18 mortos no público. 1992. Cai uma arquibancada na Semifinal da Copa da França.

18 mortos no público. 1981. Cai uma parede no clássico da Colômbia.

21 mortos no público. 1981. Correria na saída do clássico no estádio grego.

24 mortos no público. 1982. Briga de bêbados nas arquibancadas na Colômbia.

Todas as vezes. Sempre teve jogo. Hoje tem jogo.

Cena #16

26 mortos no público. 1902. Caiu a arquibancada em Ibrox, na Escócia.

66 mortos no público. 1971. Caiu novamente a arquibancada em Ibrox, na Escócia.

Setenta anos depois. Mesmo lugar. Mesmos erros. Mesma centena de feridos. Mortos. Público. Jogo remarcado. Era a final entre Escócia e Inglaterra em 1902. Era clássico escocês em 1971. Chuva em 1902. Comemoração demais no empate no último minuto em 1971. Morte do mesmo jeito. Teve jogo. Sempre teve jogo. Hoje tem jogo. Hoje tem mortos. Hoje tem futebol. Futebol tem, mesmo sem público? Tem. Sempre tem. Se não tem no mesmo dia, basta remarcar.

Cena #17

Hillsborough. 1989. 96 mortos. Jon-Paul, Philip, Thomas, Paul, Lee, Adam, Peter, Victoria, Philip, Kevin, Kevin, Kester, Nicholas, Martin, Simon, Carl, Keith, Stephen, Steven, Henry, Stuart, Graham, James, Carl, Paul, Christopher, Gary, Carl, John, Jonathon, Colin, Paul, Gary, James, Sarah, David, Colin, Ian, Stephen, Ian, Gordon, Paul, Thomas, Marian, Joseph, Peter, Carl, Peter, David, David, Tony, Gary, Tracey, William, Colin, David, Peter, Derrick, Graham, David, Richard, Barry, Andrew, Paul, Paula, Christopher, Barry, Gary, Christine, Nicholas, Francis, Alan, Joseph, Christopher, James, Alan, Anthony, Martin, Peter, Stephen, Eric, Vicent, Roy, Patrick, Michael, Brian, David, Inger, David, Thomas, Arthur, Eric, Henry, Raymond, John, Gerard.

Cena #18

Hillsborough. 1989. 96 mortos. 96 nomes. 96 nomes de 10 a 67 anos. Homens e Mulheres. Crianças e Idosos. Primos de futuros craques do futebol inglês. 96. 96. 96. 96 torcedores do Liverpool. Final. Hoje tem jogo do Liverpool. Não tem jogo do Liverpool. Foi remarcado. O Liverpool foi campeão. Hoje tem jogo. Hoje tem final. Para 96, hoje não tem jogo. Tinha jogo em Hillsborough daquela vez. Não tem mais. Tem silêncio. Tem o barulho antes. Da arquibancada caindo. Não tem futebol agora. Só depois. O jogo foi remarcado. Era necessário ter o campeão de 1989. Hoje tem jogo.

Cena #19

10 de julho de 1992. É final do Brasileirão. Maracanã. 122 mil. É final carioca. É Botafogo. É Flamengo. Tem gente saindo pelo ladrão. Caiu uma grade. Caíram centenas de pessoas. É meia hora antes do jogo. Morreram três, mas tem que ter jogo. É a final. Tem jogo. Tem que ter jogo. Hoje tem jogo. Hoje tem final. 2 a 2. Teve empate, mas teve campeão. Flamengo é campeão. É campeão? Campeão? Maracanã precisa reformar. Mas não hoje. Hoje tem jogo. Flamengo é campeão. *Uma vez Flamengo, sempre Flamengo... Flamengo até morrer*". Futebol não pode parar. Hoje tem jogo.

Cena #20

2021. Hoje tem jogo. Tem jogo do Cristiano Ronaldo, do Neymar, do Messi, do Bayern, do Carioca, do escambau. Hoje não tem jogo. Do campeonato paulista. Hoje tem vírus. Mas tem jogo. Algum lugar tem jogo. Hoje tem jogo. Hoje não tem jogo. Que jogo? Precisa ter jogo. Hoje não tem jogo. Precisa ter jogo? Hoje tem jogo. Não. Sim. Jogo. Hoje. Dá para ter jogo? Dá. Não dá. Pergunta para o juiz. O árbitro? Não, o magistrado. Quem decide? Quem assiste? O jogo? Tem jogo? 2021? 2020? Tem jogo? Tem jogo, só não tem público. Só jogador de futebol.

Cena #21

1000. Hoje não tem jogo. Não existe futebol.

1100. Hoje não tem jogo. Não existe futebol.

1200. Hoje não tem jogo. Não existe futebol.

1300. Hoje não tem jogo. Não existe futebol.

1400. Hoje não tem jogo. Não existe futebol.

1500. Hoje não tem jogo. Não existe futebol.

1600. Hoje não tem jogo. Não existe futebol.

1700. Hoje não tem jogo. Não existe futebol.

1800. Hoje não tem jogo. Não existe futebol.

1848. Hoje tem jogo. Inventaram futebol em Cambridge.

Agora não dá mais para não ter jogo. Hoje tem jogo? Hoje não tem jogo, mas existe o futebol. Existe?

Cena #22

2021. Vai ter jogo?

2031. Vai ter jogo?

2041. Vai ter jogo?

2051. Vai ter jogo?

2061. Vai ter jogo?

2071. Vai ter jogo?

2081. Vai ter jogo?

2091. Vai ter jogo?

2101. Vai ter jogo?

2111. Vai ter jogo?

2121. Vai ter jogo?

2221. Vai ter jogo?

2321. Vai ter jogo?

2421. Vai ter jogo?

2521. Vai ter jogo?

2661. Vai ter jogo?

2771. Vai ter jogo?

2881. Vai ter jogo?

2991. Vai ter jogo?

2321. Vai ter jogo?

3021. Vai ter jogo? Sabe-se lá! Tendo futebol, vai ter
que ter jogo? Hoje não tem jogo. Que dia tem?

Cena #23

Hoje não tem jogo. Hoje tem jogo. Hoje não tem jogo. Hoje tem jogo. Hoje não tem jogo. Hoje tem jogo. Hoje não tem jogo. Hoje tem jogo. Hoje não tem jogo. Hoje tem jogo. Hoje não tem jogo. Hoje tem jogo. Hoje não tem jogo. Hoje tem jogo. Hoje não tem jogo. Hoje tem jogo. Hoje não tem jogo. Hoje tem jogo. Hoje não tem jogo. Hoje tem jogo. Hoje não tem jogo. Hoje tem jogo. Hoje não tem jogo. Hoje tem jogo. Hoje não tem jogo. Hoje tem jogo. Hoje não tem jogo. Hoje tem jogo. Hoje não tem jogo. Ponto final. Quem disse? Disse quem manda. Quem manda? Quem? Alguém manda?

Cena #24

Não basta reclamar na internet. Não basta defender. Não basta dizer não tem jogo ou tem jogo. Não basta. Só há uma questão. A questão de quem manda. Quem manda? Quem manda no futebol? Quem manda em você? Quem manda? Alguém manda? Humano ou vírus? Futebol manda nele mesmo? Quem é o futebol? Há um futebol? Futebol é real? Imaginário? Carnal? Mortal? Transcendental? Quem dá as respostas? A resposta é simples. Sim, simples. Bem simples. Essa é a verdade de hoje. No hoje de amanhã pode ser diferente. Mas no hoje que é hoje, é simples. Hoje não tem jogo.

Cena #25

Hoje não tem jogo. Hoje não tem jogo. Hoje não tem jogo.
Hoje não tem jogo. Hoje não tem jogo. Hoje não tem jogo.
Hoje não tem jogo. Hoje não tem jogo. Hoje não tem jogo.
Hoje não tem jogo. Hoje não tem jogo. Hoje não tem jogo.
Hoje não tem jogo. Hoje não tem jogo. Hoje não tem jogo.
Hoje não tem jogo. Hoje não tem jogo. Hoje não tem jogo.
Hoje não tem jogo. Hoje não tem jogo. Hoje não tem jogo.
Hoje não tem jogo. Hoje não tem jogo. Hoje não tem jogo.
Hoje não tem jogo.

FIM

Afinal, hoje não tem jogo?

61

Não. Não tem. Hoje tem apenas este texto.

Passar bem =)

APOIADORES DA COLEÇÃO "MICROCONTOS DE FUTEBOL"

Este livro só foi possível no contexto da campanha mensal de apoio financeiro contínuo no Apoie.se em apoia.se/microcontosdefutebol !

Nosso muito obrigado a todos eles!

Saiba quem foram os apoiadores do presente livro durante o mês de março de 2021:

Ailton Douglas Antunes da Cruz
Manuel Duarte Venancio
Marcelo Cardoso
Miriam Mattiuzzi
Newton Santos

Informações retiradas da plataforma Apoia.se em 05 de abril de 2021

SOBRE ESTE LIVRO

Hoje tem jogo de futebol? Sim ou não? Uma pergunta que surgiu desde o primeiro momento que foi chutada uma bola com os pés em Cambridge, na Inglaterra. Se agora, em 2021, essa reflexão se torna uma questão de saúde pública, sendo também assunto de política, de guerra, de morte de jogadores e de torcedores ao longo dos mais de 250 anos do esporte. Isso tudo é relembrado neste livro intitulado "Hoje não tem jogo".

O presente livro, o 61º da coleção dos Microcontos de Futebol, contém uma peça teatral de Rafael Duarte Oliveira Venancio feita à maneira das "peças faladas" (*Sprechstücke*) de Peter Handke, vencedor do Prêmio Nobel de Literatura em 2019. Tudo isso para dizer: Hoje não tem jogo. Pode ter futebol, mas não tem jogo.

SOBRE A COLEÇÃO
"MICROCONTOS DE FUTEBOL"

A ficção de futebol é um exercício difícil, especialmente porque a realidade do esporte parece mais interessante do que qualquer história inventada. Um baú gigantesco de histórias fantásticas de futebol pode ser encontrado pelos séculos.

Esses microcontos são um misto de conto e crônica, muito populares na imprensa brasileira com autores tais como Carlos Drummond de Andrade, Moacyr Scliar, Nelson Rodrigues, entre outros. Drummond os chamava de historinhas ou cronicontos. Moacyr Scliar pegava uma manchete de jornal e fazia uma ficção em cima dela. Nelson Rodrigues articulava tais textos no guarda-chuva da "A vida como ela é".

Assim, as fronteiras entre fato e ficção não são postos por uma condição de Realismo Fantástico tal como o resto da América Latina, mas sim por uma escolha mais brasileira. Escolha essa que é bem representada pelas atitudes de Chicó, bravo coadjuvante de O Auto da Compadecida, de Ariano Suassuna, ou, até mesmo, pelo dito popular de que "quem conta um conto, aumenta um ponto".

Para fins formais, os microcontos possuem exatas 100 palavras. Esse gênero textual, em língua inglesa, é conhecido como drabble. Isso reforça o exercício criativo posto para (re)contar estórias do mundo da bola. Seja dentro deste volume, seja no contexto completo das obras da coleção "Microcontos de Futebol", há de se ter um caleidoscópio daquilo que o futebol tem de melhor: suas pequenas histórias.

A Coleção "Microcontos de Futebol" possui uma campanha de apoio contínuo via Apoia.se. Seja um dos nossos apoiadores!

Acesse: apoia.se/microcontosdefutebol !

NÚMEROS PUBLICADOS DA COLEÇÃO "MICROCONTOS DE FUTEBOL"

Série Copas do Mundo (publicados em 2018)

#1 Estreia no Uruguai: A Copa de 1930 em 18 microcontos de futebol, por Rafael Duarte Oliveira Venancio

#2 Poder na Itália: A Copa de 1934 em 17 microcontos de futebol, por Rafael Duarte Oliveira Venancio

#3 Decepção na França: A Copa de 1938 em 18 microcontos de futebol, por Rafael Duarte Oliveira Venancio

#4 Tragédia no Brasil: A Copa de 1950 em 22 microcontos de futebol, por Rafael Duarte Oliveira Venancio

#5 Milagre na Suíça: A Copa de 1954 em 26 microcontos de futebol, por Rafael Duarte Oliveira Venancio

#6 Encanto na Suécia: A Copa de 1958 em 35 microcontos de futebol, por Rafael Duarte Oliveira Venancio

#7 Baile no Chile: A Copa de 1962 em 32 microcontos de futebol, por Rafael Duarte Oliveira Venancio

#8 Tradição na Inglaterra: A Copa de 1966 em 32 microcontos de futebol, por Rafael Duarte Oliveira Venancio

#9 Hegemonia no México: A Copa de 1970 em 32 microcontos de futebol, por Rafael Duarte Oliveira Venancio

#10 Totalidade na Alemanha: A Copa de 1974 em 38 microcontos de futebol, por Rafael Duarte Oliveira Venancio

#11 Grito na Argentina: A Copa de 1978 em 38 microcontos de futebol, por Rafael Duarte Oliveira Venancio

#12 Desencanto na Espanha: A Copa de 1982 em 52 microcontos de futebol, por Rafael Duarte Oliveira Venancio

#13 Herói no México: A Copa de 1986 em 52 microcontos de futebol, por Rafael Duarte Oliveira Venancio

#14 Empate na Itália: A Copa de 1990 em 52 microcontos de futebol, por Rafael Duarte Oliveira Venancio

#15 Calor nos Estados Unidos: A Copa de 1994 em 52 microcontos de futebol, por Rafael Duarte Oliveira Venancio

#16 Surpresa na França: A Copa de 1998 em 64 microcontos de futebol, por Rafael Duarte Oliveira Venancio

#17 Esperança na Coreia, Respeito no Japão: A Copa de 2002 em 64 microcontos de futebol, por Rafael Duarte Oliveira Venancio

#18 Retranca na Alemanha: A Copa de 2006 em 64 microcontos de futebol, por Rafael Duarte Oliveira Venancio

#19 Barulho na África do Sul: A Copa de 2010 em 64 microcontos de futebol, por Rafael Duarte Oliveira Venancio

#20 Farsa no Brasil: A Copa de 2014 em 64 microcontos de futebol, por Rafael Duarte Oliveira Venancio

#21 Orgulho na Rússia: A Copa de 2018 em 64 microcontos de futebol, por Rafael Duarte Oliveira Venancio

#22 Um jogo, Uma estória: As Copas do Mundo de 1930 a 2018 em 900 microcontos de futebol, coletânea de textos escritos por Rafael Duarte Oliveira Venancio

Série Abecedário de Craques (publicados em 2018)

#23 Audazes Boleiros: Estórias de craques das letras A e B em 30 microcontos de futebol, por Rafael Duarte Oliveira Venancio

#24 Célebres Desafiantes: Estórias de craques das letras C e D em 30 microcontos de futebol, por Rafael Duarte Oliveira Venancio

#25 Ecléticos Futebolistas: Estórias de craques das letras E e F em 30 microcontos de futebol, por Rafael Duarte Oliveira Venancio

#26 Grandes Heróis: Estórias de craques das letras G e H em 30 microcontos de futebol, por Rafael Duarte Oliveira Venancio

#27 Incríveis Jogadores: Estórias de craques das letras I e J em 30 microcontos de futebol, por Rafael Duarte Oliveira Venancio

#28 Kickers Lendários: Estórias de craques das letras K e L em 30 microcontos de futebol, por Rafael Duarte Oliveira Venancio

#29 Mestres Notáveis: Estórias de craques das letras M e N em 30 microcontos de futebol, por Rafael Duarte Oliveira Venancio

#30 Oníricos Pleiteantes: Estórias de craques das letras O e P em 30 microcontos de futebol, por Rafael Duarte Oliveira Venancio

#31 Queridos Rivais: Estórias de craques das letras Q e R em 30 microcontos de futebol, por Rafael Duarte Oliveira Venancio

#32 Salvadores da Torcida: Estórias de craques das letras S e T em 30 microcontos de futebol, por Rafael Duarte Oliveira Venancio

#33 Ultra Vitoriosos: Estórias de craques das letras U e V em 30 microcontos de futebol, por Rafael Duarte Oliveira Venancio

#34 Winners e Xodós: Estórias de craques das letras W e X em 30 microcontos de futebol, por Rafael Duarte Oliveira Venancio

#35 Yashins e Zizinhos: Estórias de craques das letras Y e Z em 30 microcontos de futebol, por Rafael Duarte Oliveira Venancio

#36 Abecedário de Craques: Estórias de craques em 390 microcontos de futebol, coletânea de textos escritos por Rafael Duarte Oliveira Venancio

Série Campeonato Sul-Americano (publicada em 2019)

#37 Pioneiros da Sul-América: O Campeonato Sul-americano em 1916, 1917, 1919, 1920 e 1921 em 31 microcontos de futebol, por Rafael Duarte Oliveira Venancio

#38 Tupis e Charruas: O Campeonato Sul-americano em 1922, 1923 e 1924 em 23 microcontos de futebol, por Rafael Duarte Oliveira Venancio

#39 Celeste Olímpica contra os Albicelestes: O Campeonato Sul-americano em 1925, 1926, 1927 e 1929 em 28 microcontos de futebol, por Rafael Duarte Oliveira Venancio

#40 Alvirrubro Inca e os Platenses: O Campeonato Sul-americano em 1935, 1937 e 1939 em 32 microcontos de futebol, por Rafael Duarte Oliveira Venancio

#41 E a Guerra não parou o Futebol: O Campeonato Sul-americano em 1941, 1942 e 1945 em 52 microcontos de futebol, por Rafael Duarte Oliveira Venancio

#42 Argentina Insuperável: O Campeonato Sul-americano em 1946 e 1947 em 43 microcontos de futebol, por Rafael Duarte Oliveira Venancio

#43 Esperança Auriverde: O Campeonato Sul-americano de 1949 em 29 microcontos de futebol, por Rafael Duarte Oliveira Venancio

#44 Triunfo dos Guaranis Alvirrubros: O Campeonato Sul-americano de 1953 em 22 microcontos de futebol, por Rafael Duarte Oliveira Venancio

#45 Cone Sul: O Campeonato Sul-americano em 1955 e 1956 em 30 microcontos de futebol, por Rafael Duarte Oliveira Venancio

#46 Júbilo dos Carasucias: O Campeonato Sul-americano de 1957 em 21 microcontos de futebol, por Rafael Duarte Oliveira Venancio

#47 Xadrez Platense: O Campeonato Sul-americano duplo em 1959 em 31 microcontos de futebol, por Rafael Duarte Oliveira Venancio

#48 Viva a Verde!: O Campeonato Sul-americano de 1963 em 21 microcontos de futebol, por Rafael Duarte Oliveira Venancio

#49 Crepúsculo da Sul-América: O Campeonato Sul-americano de 1967 em 15 microcontos de futebol, por Rafael Duarte Oliveira Venancio

#50 Nos Campos da Sul-América!: O Campeonato Sul-Americano entre 1916 e 1967 em 378 microcontos de futebol, coletânea de textos escritos por Rafael Duarte Oliveira Venancio

Série Pais Fundadores do Futebol Brasileiro (publicada em 2020)

#51 Charles Miller e a fundação do futebol brasileiro: 25 microcontos de futebol, por Rafael Duarte Oliveira Venancio

#52 Urbano Caldeira e a invenção santástica: 25 microcontos de futebol do Alvinegro Praiano, por Rafael Duarte Oliveira Venancio

#53 Friedenreich em cena: 25 microcontos de futebol em cenas teatrais, por Rafael Duarte Oliveira Venancio

#54 Heleno em Barbacena: 25 microcontos de futebol em cenas teatrais, por Rafael Duarte Oliveira Venancio

#55 Um diário de Hans Nobiling: 25 microcontos de futebol sobre o pioneiro alemão do futebol paulista, por Rafael Duarte Oliveira Venancio

#57 Jaguaré, felino do gol: 25 microcontos de futebol em cenas teatrais, por Rafael Duarte Oliveira Venancio

Homenagem (publicada em 2020)

#56 D10S: 25 microcontos de futebol em cenas teatrais, por Rafael Duarte Oliveira Venancio

Série Pais Fundadores do Futebol Brasileiro (publicada em 2021)

#58 Barbosa e o churrasco do Maracanã: 25 microcontos de futebol em cenas teatrais, por Rafael Duarte Oliveira Venancio

#59 O Negro, o Futebol e o Brasil: 25 microcontos de futebol em cenas didáticas de teatro de marionetes, por Rafael Duarte Oliveira Venancio

Série Craques Mundiais do Futebol de Outrora (publicada em 2021)

#60 Sindelar no Divã do Dr. Freud: 25 microcontos de futebol e psicanálise em cenas teatrais, por Rafael Duarte Oliveira Venancio

Série Questões do futebol (publicada em 2021)

#61 Hoje não tem jogo: 25 microcontos de futebol em peça falada, por Rafael Duarte Oliveira Venancio

PRÓXIMOS NÚMEROS
Série Copa América (prevista para 2021/2022)

Boleiros Incas e a Nova Era: A Copa América de 1975 em 25 microcontos de futebol, por Rafael Duarte Oliveira Venancio

América Alvirrubra: A Copa América de 1979 em 25 microcontos de futebol, por Rafael Duarte Oliveira Venancio

Uruguai Ressurge: A Copa América de 1983 em 24 microcontos de futebol, por Rafael Duarte Oliveira Venancio

Supremacia Celeste: A Copa América de 1987 em 13 microcontos de futebol, por Rafael Duarte Oliveira Venancio

Quarenta Anos Depois: A Copa América de 1989 em 26 microcontos de futebol, por Rafael Duarte Oliveira Venancio

Retorno da Albiceleste: A Copa América de 1991 em 26 microcontos de futebol, por Rafael Duarte Oliveira Venancio

Zênite Argentino: A Copa América de 1993 em 26 microcontos de futebol, por Rafael Duarte Oliveira Venancio

Uruguaios Invictos: A Copa América de 1995 em 26 microcontos de futebol, por Rafael Duarte Oliveira Venancio

Canarinho na Altitude: A Copa América de 1997 em 26 microcontos de futebol, por Rafael Duarte Oliveira Venancio

100% Verde-amarelo: A Copa América de 1999 em 26 microcontos de futebol, por Rafael Duarte Oliveira Venancio

Café no Gramado: A Copa América de 2001 em 26 microcontos de futebol, por Rafael Duarte Oliveira Venancio

Acréscimos Brasileiros: A Copa América de 2004 em 26 microcontos de futebol, por Rafael Duarte Oliveira Venancio

Octa-amarelinha: A Copa América de 2007 em 26 microcontos de futebol, por Rafael Duarte Oliveira Venancio

Quinze Tons de Celeste: A Copa América de 2011 em 26 microcontos de futebol, por Rafael Duarte Oliveira Venancio

A Vermelha: A Copa América de 2015 em 26 microcontos de futebol, por Rafael Duarte Oliveira Venancio

Condor em Terras Gringas: A Copa América Centenário de 2016 em 32 microcontos de futebol, por Rafael Duarte Oliveira Venancio

Um Novo Século: A Copa América de 2019 em 26 microcontos de futebol, por Rafael Duarte Oliveira Venancio

No Novo Normal: A Copa América de 2021 em 26 microcontos de futebol, por Rafael Duarte Oliveira Venancio

Viva Sul-América!: O Campeonato Sul-Americano e a Copa América entre 1916 e 2021 em 835 microcontos de futebol, coletânea de textos escritos por Rafael Duarte Oliveira Venancio

SOBRE O AUTOR

Rafael Duarte Oliveira Venancio é escritor, dramaturgo, psicanalista e psicoterapeuta, professor e mentor, além de storyteller-chief da To the Moon | Soluções em Storytelling. É Doutor em Meios e Processos Audiovisuais pela Escola de Comunicações e Artes da Universidade de São Paulo (ECA/USP), onde também se formou Mestre em Ciências da Comunicação e Bacharel em Comunicação Social - Habilitação em Jornalismo, além de possuir licenciatura em História pela FIAR-CESUAR. Cumpriu entre 2019 e 2020, o estágio de pós-doutorado em Ficção e Dramaturgia Radiofônica na própria USP.

Enquanto escritor e dramaturgo, publicou uma centena de livros enquanto autor independente e por editoras tradicionais em quatro línguas. Suas peças de teatro e de radioteatro foram encenadas em três línguas em três países. Seus temas mais frequentes são ficção e reimaginação histórica, metadramaturgia, história do futebol e storytelling filosófico. No campo da Psicanálise, trabalha como pesquisador e crítico psicanalítico em Educação, Comunicação, Arte e Cultura desde 2005.

Lattes: http://lattes.cnpq.br/3649723115710339

Facebook e Twitter: @rdovenancio

Instagram: @rafaeldovenancio

www.rdovenancio.com.br

SOBRE A TO THE MOON | SOLUÇÕES EM STORYTELLING

Contamos histórias e estórias...
Ensinamos a contar histórias...
Sonhamos com mais estórias.

Ir para a Lua. Esta, talvez, seja a metáfora mais importante dentro do mundo daqueles que se preocupam com a imaginação e com as boas histórias. Imaginação essa que pode ser literária tal como a de Jules Verne, pode ser artística tal como a de George Meliès ou pode ser, até mesmo, tecnológica e desbravadora tal como aquela que possibilitou o feito de Neil Armstrong.

Walter Benjamin nos lembra que a narração é uma característica humana em extinção, apesar de necessária. O problema não é que não temos mais um público interessado nas boas histórias e estórias. Pelo contrário. Não temos mais narradores.

Neste contexto, surge a To the Moon: Soluções em Storytelling. Trabalhamos em 3 frentes para buscar um mundo com mais histórias contadas: (1) Criamos materiais tais como livros, ebooks e podcasts para demonstrar novas formas de ficção e de uso enquanto material didático para quem deseja entrar nesse mundo, não importando a linguagem midiática; (2) Ensinamos com oficinas, palestras e cursos EAD o exercício do storytelling e da narratologia, que são as ferramentas para criar autores e narradores; e (3) Disponibilizamos serviços editoriais e de tutoria para autores, que vão da ajuda inicial até a publicação de livros, ebooks e podcasts, para que novas histórias e estórias venham à tona.

Conheça mais o nosso trabalho e faça um orçamento!

To the Moon | Soluções em Storytelling
Site:https://tothemoonstorytelling.blogspot.com
Twitter e Instagram: @ToTheMoonStory
E-mail: tothemoon.storytelling@gmail.com